RELATOS

Colección dirigida por
ANA MARÍA MOIX

PLAZA JANÉS

**Rosario Ferré** (Ponce, Puerto Rico, 1938) es una de las escritoras más sobresalientes de la actual literatura latinoamericana. Tras obtener el doctorado en literatura española e hispanoamericana en la Universidad de Maryland, se inició en el campo de la escritura, cultivando el género novelístico, el relato breve, el ensayo, la biografía y la literatura infantil. Entre su nutrida obra destacan *Papeles de Pandora* (cuentos, 1976), *Sitio a Eros* (ensayo, 1982), y las novelas *La batalla de las vírgenes* (1994) y *La casa de la laguna* (1995). En 1986, en la Feria del Libro de Frankfurt, le fue otorgado el Premio Liberatur por *Maldito amor*. Ha impartido clases de literatura en la Universidad de Rutgers, Nueva Jersey, en la John Hopkins y en el departamento de literatura comparada de la Universidad de Puerto Rico. Sus libros se han traducido a varios idiomas, siendo altamente considerados por la crítica de los diferentes países donde se han publicado.

*La extraña muerte del Capitancito Candelario* pertenece al libro *Maldito amor*.

# Rosario Ferré

## La extraña muerte del Capitancito Candelario

PLAZA & JANÉS EDITORES, S.A.

Diseño de la portada: Marta Borrell
Fotografía de la portada: © Bryan Whitney/Photonica

Primera edición en U.S.A.: abril, 2002

© 1996, Rosario Ferré
© de la presente edición: 1999, Plaza & Janés Editores, S. A.
   Travessera de Gràcia, 47-49. 08021 Barcelona

Printed in Spain – Impreso en España

ISBN: 1-4000-0120-X

Distributed by B.D.D.

El suceso ocurrió por los años en que la Metrópoli comenzó a lavarse de las manos la sangre del cordero manso de San Juan. La Metrópoli tenía la conciencia tranquila y en ningún momento intentó justificar su acción; en sus recientes reuniones, el congreso de la nación había propuesto en ambas cámaras y casi por unanimidad, la independencia para la isla de San Juan Bautista. De todas maneras, siempre habíamos querido ser independientes sin atrevernos a serlo, nos decían los representantes de la

Metrópoli, y ahora por fin lo seríamos, con la ayuda y el beneplácito de nuestro padrino mayor. Seríamos el primer país latinoamericano en llegar a ser independiente *malgré tout* y *malgré lui*, nos decían con risitas veladas los senadores de la Metrópoli. Seríamos, oh musa eternamente vejada de la historia, el primero en llegar a ser independiente a la fuerza. Que aprendiéramos de una vez por todas, nos repetían los representantes, que no era lo mismo sonear con guitarra que con violín; y que agradeciéramos el que a nosotros, al menos, a diferencia de nuestros paupérrimos hermanos latinoamericanos, nos había sido concedido el disfrutar de las bienaventuranzas del Paraíso durante los últimos noventa años. Que volviéramos ahora, nos repetían los senadores, a nuestras imaginarias minas de cobre y de sal; que volviéramos a cortar caña como el alacrán; que volviéramos a recoger café y tabaco por las jaldas cundidas de tuberculosis y de perniciosa; que volviéramos, como los nativos solían hacerlo antaño para la diversión de los turistas, a zambullirnos por unos cuantos cuartos frente a los puentes cegadoramente iluminados de los transatlánticos blancos. El Caribe, nos repetían los legisladores en sus sesiones augustas, ya no les interesaba. Aquel prado sereno por el cual habían surcado en arco sus pelotas de golf, aquel páramo mágico por el cual habían retozado, a la hora del ocaso y para su deleite, las manadas de delfines y de careyes que luego habían ido a decorar, eternizadas en túrgidas taxidermias, las paredes de sus oficinas y de sus mansiones suburbanas, se había convertido ahora en un marasmo mecido por el canto de sirenas muertas.

Y la culpa de todo la habíamos tenido nosotros, nos decían, los propios isleños, víctimas de una soberbia que nos había llevado a estrangularnos con el cordón umbilical de nuestra propia placenta, con el enrevesado ombligo de un Estado que sería ahora por siempre natimuerto. Porque qué otra cosa había sido sino la soberbia, el poseimiento de un hubris olímpico y de una avaricia sin límites, nos decían, lo que por un lado nos había llevado a negarnos a pedir la estadidad por unanimidad, meciéndonos en el subibaja de un ser y un no querer ser que sólo podía parecer indignante a los ojos del mundo, mientras que por otro lado clamábamos que éramos parte del pueblo escogido por Dios, y que teníamos, nosotros también, derecho a habitar nuestro Paraíso. Porque había sido aquel sentido equivocado de la igualdad lo que nos había llevado a exigirles a los habitantes de la Metrópoli un pago cada vez mayor por el uso del Caribe como piélago privado de recreo; a cobrar cada vez mayores intereses por el privilegio de que se exterminaran nuestros peces y nuestra exótica flora y fauna. Había sido aquella soberbia lo que nos había finalmente convencido de que teníamos derecho a recibir los mismos sueldos y los mismos beneficios que recibían nuestros conciudadanos del Norte, por confeccionar un azúcar, un ron y un café, así como por enlatar unos atunes y confeccionar unos productos químicos y unos instrumentos electrónicos que, después de todo, eran inevitablemente embarcados camino al Norte.

Era cierto que hacía ya algunos años que la isla de San Juan Bautista le costaba a la Metrópoli varios millones de dólares al año, pero ésta había sostenido sin chistar el gasto, sin por ello deshacerse de ella. Los legisladores tenían muy presente el que la isla se encontraba estratégicamente situada frente al Canal de Panamá, situación geográfica que la convertía en centinela sin precio para los transatlánticos de la Metrópoli. Durante los últimos años, había sido gracias a la presencia del leal Cordero de San Juan, armado hasta los dientes como cancerbero feroz, que la Metrópoli había logrado trasladar pacíficamente sus cargamentos de petróleo, desde las costas de Venezuela y México, hasta los puertos de San Francisco, de Baltimore y de Nueva York, atravesando un mar cada vez más turbulento. El Caribe se había transformado últimamente en un hervidero envenenado de islas, que más parecían serpientes, tarántulas y escorpiones a punto de escupir su veneno contra el continente.

Esta situación decidió a los legisladores a estudiar detenidamente el problema de la seguridad estratégica del Caribe. El resultado de estas investigaciones fue la creación de un satélite centinela que, situado específicamente en órbita sobre el Canal, se encargaría en adelante de supervisar la zona. Todo movimiento enemigo contra los transatlánticos petroleros de la Metrópoli equivaldría en adelante al aniquilamiento atómico instantáneo de la isla o país que hubiese intentado el ataque. Resuelto de esta manera el problema de la defensa de la zona del Canal, la Metrópoli no necesitaba ya de la isla de San Juan Bautista, y los legisladores decidieron, por lo tanto, darle su libertad.

Los sucesos que aquí se narran ocurrieron algunos años antes de que el Partido fuese definitivamente derrotado, y de que llegáramos al poder nosotros, los defensores de un nuevo Estado y de una nueva Ley. Hoy somos finalmente un país independiente, aunque nuestros enemigos dicen que bajo nuestro régimen no existe la libertad. Esto no resulta extraño: la patria perfecta no existe, y es necesario defenderla de los soñadores ingenuos, como el Capitán Candelario, por ejemplo. Los dirigentes del nuevo Partido tenemos, respecto a la muerte del Capitán Candelario De la Valle, nuestra conciencia tranquila: De la Valle murió como hubiese deseado morir, y fue, después de todo, gracias a nosotros, que tuvo una vida corta y heroica, en lugar de una vida larga y sin honor.

El cuerpo desnudo del Capitancito Candelario, florecido de heridas de picahielo, apareció tendido en la acera del Puente del Agua, en medio de lo que llegó a conocerse como la Gran Batalla de la Salsa, primer encuentro de esa guerra sangrienta entre soneros y rockeros que se desató en la isla a pocos meses del anuncio de su posible independencia. Aquella noche trágica las aceras del Puente del Agua amanecieron sembradas de cuerpos de músicos danzantes y de agentes de la ley indistintamente, cuyos azules laberintos de vísceras y entrañas adheridas al pavimento como oscuras amapolas sangrientas no auguraban nada bueno en el caldeado ambiente de la capital.

Se sospechaba que en todo aquello había habido una traición, pero esto nunca llegó a aclararse a ciencia cierta. La victoria de los conspirados se debió a que, teniendo en un principio los rockeros todas las ventajas tácticas, éstos habían permanecido inactivos, alelados quizá por el restallar hipnótico de los cueros y de los cantos de los soneros, y sin decidirse en ningún momento a actuar. Los soneros, a más de esto, demostraron aquella noche unos conocimientos estratégicos sorprendentes, atrapando a los rockeros en una encerrona sangrienta, que los hizo perecer sin remedio entre los paredones de los condominios y el mar. La muerte del Capitán Candelario tuvo, sin duda, mucho que ver con aquella derrota, al dejar a su batallón de Misioneros sin liderato y cabeza. El enigma estuvo en cómo los soneros habían adquirido aquellos astutos conocimientos bélicos, encontrándose el Capitán en todo momento rodeado, mientras duró la batalla, por sus Misioneros más fieles.

En los juicios que se celebraron luego, hubo principalmente un testimonio que puso a salvo el honor de Candelario en este sentido. El teniente Misionero Pedro Fernández, uno de los pocos sobrevivientes de aquella masacre, testificó haber visto a Candelario luchando en combate desigual y heroico contra sus enemigos. Gracias a su testimonio, los restos del capitán fueron expuestos bajo la Rotonda del Capitolio por orden del Gobernador, y su pecho fue cubierto por una ristra resplandeciente de medallas de gloria, pero en la capital se rumoreaba que, en aquellas efemérides dudosas que le había celebrado el Partido, había habido mucho de embuste y de cuento.

El Capitán Candelario De la Valle había sido reclutado por el Partido como Jefe de los Misioneros hacía sólo seis meses, se acababa de graduar hacía escasamente un año de la Academia Militar de North Point. Capitán de guante blanco, banda de raso azul cruzada al pecho, sable inmaculado al cinto, alto penacho de plumas cabrilleándole sobre la frente, de sus cuatro años en la Academia lo que más le había apasionado habían sido sus clases de estrategia y de historia, las paradas de corneta y trombón de vara por los prados esmeraldinos de *Observation Point*, y sus diarios ejercicios de esgrima. Acababa de cumplir veintidós años y llevaba lo militar en la sangre: tataranieto de un coronel español y de un brigadier inglés, no le interesaba para nada el dinero, pero sí el honor, la dignidad y la gloria.

Candelario era un hombre culto, de refinado sentido estético, y tenía una idea particular de lo que debería ser la guerra, así como también el amor. Para él la guerra era la actividad más heroica de la que era capaz el hombre, y el amor la más sublime, pero el amor y la guerra sólo podían hacerse en aras de una mujer y de una patria perfectas. Tenía aún esperanzas de encontrar a la primera, pero consideraba que su destino trágico lo había estafado para siempre de la segunda. Al ingresar a North Point, su héroe máximo había sido Simón Bolívar, pero una convicción profunda respecto a la naturaleza tímida y apocada de su pueblo lo había hecho desistir de intentar imitarlo. Como él, Bolívar había estudiado en la mejor academia militar de la Metrópoli, por aquellos tiempos España, pero Bolívar era natural de Venezuela, una nación valiente y poderosa, y pudo por ello llegar a liberarla. Aquella dulce patria que le había deparado la suerte era, por el contrario, a pesar de la auténtica pasión que Candelario sentía por ella, una isla pobre y pequeña.

Hay que reconocer que aquel doloroso convencimiento sobre el espíritu apocado de su pueblo no se debía exclusivamente al carácter delicado y sensible del Capitancito, sino que le había sido inculcado desde niño por amigos, parientes y maestros, para que no se le fuera a olvidar nunca que aquel terruño querido, mínimo, menudo y tierno, no podía llegar a ser nunca un país independiente. Porque aquella amable Antilla, la Menor de las Mayores o la Mayor de las Menores, no era otra cosa que una pintoresca cagarruta de chivo, un huevecillo pintón de paloma, un mítico moco de Hespéride, milagrosamente a flote entre las níveas espumas de los corales del archipiélago. Por eso le repetían que su isla no era sino un Paraíso de muñeca: sus valles eran pañuelos, sus ríos eran riachuelos, sus montes eran colinas, sus minas eran de embuste y, como si esto fuera poco, se balanceaba precariamente al borde de uno de los abismos submarinos más profundos de la tierra, y el menor sismo de rebelión la precipitaría al fondo de sus tenebrosas veinte mil millas.

Candelario había aceptado, no sin un sufrimiento auténtico, aquella premisa de cordura que le aconsejaba la gente de su mundo. Desde entonces leyó a Gautier Benítez con más pasión que antes, y se convenció de que aquel verso que él tanto amaba, aquel «Todo en ti es voluptuoso y leve / dulce, apacible, halagador y tierno, / y tu mundo moral su encanto debe al dulce influjo de tu mundo externo», era el verso más profético que se había escrito sobre su patria. Era por eso, se decía, que inocentes de la felicidad que provoca el ardor de la pólvora sobre la piel y el fragor de los pendones sobre la frente, sus compatriotas habían permanecido yaciendo mansamente durante cuatrocientos años junto a aquellas frescas aguas, como el Cordero de los Salmos. Era por eso que, desde los tiempos de Isabel II, a su patria le había sido adjudicado proféticamente el blasón del Cordero de San Juan, aquel «por ser muy fiel y muy leal» que, estampado en cinta azul, se encaracolaba eternamente alrededor de sus delicados cascos. Era por eso, se repetía tristemente Candelario, que el Partido en el poder, intuyendo con sabiduría la idiosincrasia de su pueblo, había formulado aquella ley, que, a su regreso a la isla de la Academia, lo había sorprendido tanto: poseer la bandera monoestrellada era un crimen de Estado, y el blasón del Cordero de San Juan había pasado a ser el único lábaro oficial de la patria.

Los burócratas del Partido sin duda tenían razón: ¿cómo iba a llegar nunca a ser libre un pueblo cuyo único grito de guerra había sido, durante siglos, el balado lamento del «Ay bendito»? Aquella pregunta torturaba al Capitancito en sus noches de insomnio, sin encontrar jamás para ella una respuesta. Candelario era, en fin, un idealista, pero era un idealista triste, y hasta el cielo de su patria le parecía más bajito, menos azul, más pequeño.

El Partido había reclutado a Candelario con miras a inyectar, en el ánimo de los Misioneros, una nueva adrenalina, en la que se encontraran destilados los últimos conocimientos marciales del ejército norteamericano, pero su error estuvo en no dejárselo saber claramente. Dieron por sentado que Candelario entendería su propósito, y se limitaron a informarle que su deber sería devolverle a las calles y avenidas de la Capital un orden y una tranquilidad que se había esfumado por completo de ellas por aquellos tiempos.

A pesar de que no se sabía a ciencia cierta cuándo se pasaría, en la Cámara y en el Senado de la Metrópoli, la aterradora resolución de la independencia, ni si el Presidente estamparía finalmente sobre ella su sello implacable, en la isla la confusión y la violencia cundían por todas partes. En sus rondas por las calles de la capital, el Capitancito era testigo diario de ello. Había visto cómo los hombres de empresa nativos, banqueros, comerciantes e industriales por igual, presos de un pánico apocalíptico, corrían despavoridos a las bóvedas desclimatizadas de sus bancos, a sacar sus certificados de ahorro, sus joyas y sus platerías, que trasladaban diariamente en cofres sellados a las cabinas de sus yates y de sus Cessnas. Vio cómo, protegidas por las tropas de la Guardia Civil y hasta por los Marines, las atuneras, las refinerías y las enlatadoras, así como los grandes consorcios de productos químicos y de máquinas electrónicas extranjeras, cerraban súbitamente portones y puertas, y sus empleados comenzaban a desmantelar las maquinarias más valiosas, transportándolas rápidamente a las naves que aguardaban atracadas en los puertos. En sus paseos nocturnos el Capitancito escuchaba con tristeza las chimeneas, grúas y andamios abandonados de las fábricas emitir, movidos por el viento, extraños quejidos, como si se tratara de enormes órganos tocados por fantasmas.

Desde sus escaños en el Senado y en la

Legislatura local los legisladores del Partido tomaban medidas cada vez más radicales para enfrentarse a aquella crisis. Como un intento desesperado por economizarle gastos a la Metrópoli, y para que ésta no sintiera ya que la isla era una carga onerosa sobre sus hombros, los legisladores tomaron medidas económicas extremas. Esfumados en el azul empíreo quedaron los sellos de alimento, los románticos subsidios federales para la construcción de escuelas, hospitales y carreteras, así como el seguro social. En sus programas de radio diarios, transmitidos por Radio Rock y Radio Reloj, sin embargo, éstos insistían en que aquellas medidas eran sólo temporeras. «No pierdan la cordura, compañeros —decían—, revístanse de serenidad. Recuerden que más se perdió en Corea, en San Felipe y en San Ciriaco, cuando la isla se enfrentó, con ánimo heroico, a catástrofes semejantes.»

Una persona como Candelario era de principal importancia en el programa que hacía ya varios meses el Partido intentaba poner en práctica: demostrarle a la gran nación norteamericana que los habitantes de la isla podían apretarse heroicamente los cinturones, y soportar aquellas medidas estoicas con orden y con dignidad: convencerlos, por medio de un comportamiento ejemplar, de que no deseaban su partida. El deber de Candelario, en fin, como Jefe Militar de los Misioneros, consistiría en imponer con disciplina férrea en el pueblo ese nuevo orden, en la esperanza de que los ciudadanos de la Metrópoli se arrepintieran de su aterradora determinación.

Candelario, no obstante las órdenes que recibió de sus superiores, cometió el error de no darles la suficiente importancia. Su preocupación máxima era, como lo había sido siempre, el ejercicio de la guerra como la actividad más sublime de la cual era capaz el hombre, y al recibir su comisión se arrojó en cuerpo y alma a la tarea de entrenar a sus Misioneros de acuerdo a un nuevo sistema de disciplina que fortaleciese en ellos no sólo el físico, sino también el intelecto y el espíritu. Casi todos aquellos jóvenes que cayeron bajo su mando habían servido previamente en los cuerpos militares más elitistas de la isla, como la Guardia Civil y la Fuerza de Choque, pero al conocerlos mejor Candelario no lograba salir de su asombro. Eran jóvenes de origen humilde, que habían abandonado los caños pestíferos de los arrabales sólo gracias a una constitución física privilegiada, y a nadie se le había ocurrido enseñarles otra cosa que no fuese el ejercicio de la fuerza bruta sobre sus víctimas.

Compadecido de lo que consideraba una trágica estrechez de horizontes intelectuales y espirituales, de la cual los Misioneros no eran responsables, Candelario se propuso ampliárselos, considerando, tal y como le habían enseñado en su Academia, que el mejor guerrero era aquel cuyas facultades superiores habían sido desarrolladas al máximo. Fue así como, sacando fondos de su propio

peculio, y sin parar mientes en las reper-
cusiones que aquella iniciativa pudiera
tener, poco después de comenzar el entrenamiento de sus agentes compró todo
un cargamento de libros referentes a la
filosofía, sociología y ética de las artes
marciales, y lo repartió entre ellos, obligándolos a empaparse tanto del pensamiento de Sócrates, de Aristóteles y de
Platón, como de las hazañas de Julio Cé-
sar, de Leónidas y de Alejandro Magno.
En cuanto a la educación física, a más de
esto, Candelario prohibió en adelante a
sus agentes el empleo indiscriminado de
cachiporras y armas de fuego, que en su
opinión atrofiaban los reflejos naturales
del hombre para defenderse, conminán-
dolos a lograr un dominio absoluto del
cuerpo según los preceptos griegos, y

ejercitándolos diariamente en el arte del pugilismo y de la palestra, así como en el manejo del disco, de las argollas y de la pértiga.

Candelario se consideraba afortunado ya que, desde los primeros días de su asignación, había logrado establecer una amistad estrecha con uno de los tenientes más respetados de su tropa. «Chóquela, compueblano», había dicho genialmente al conocer al teniente Fernández, un moreno alto y delgado, oriundo, como él, de uno de los pueblos del Oeste de la isla. «Estoy seguro de que, tirando parejo, podremos salir juntos de estos aprietos.»

Ambos sentían una admiración sin límites por la historia, así como por la valentía y por el honor, que consideraban las virtudes máximas del hombre. Candelario amaba la historia de su isla, y se sabía de memoria los nombres de los trescientos noventa y cinco gobernadores españoles que la habían gobernado antes de la llegada de los norteamericanos, considerándolos, sin duda con demasiado idealismo, caballeros de capa y espada, cuya ocupación principal había sido civilizar y fundar. Pedro, por su parte, quien no compartía para nada la pedagógica visión del mundo de Candelario, admiraba sobre todo a los indios Caribe, los cuales se habían enfrentado innumerables veces a los españoles, sin que éstos lograran jamás someterlos.

—Eran verdaderos guerreros, maestros tanto en el arte de la guerra como en el de la escultura —le decía riendo a

Candelario—. Cuando armaban la gua-sábara, mataban a los españoles vertién-doles oro derretido por la boca con un embudo, dizque para convertirlos en es-tatuas resplandecientes dentro del mol-de de sus propios cuerpos.

El que los antepasados del Capitán Candelario fuesen gente adinerada y de posición social, mientras que los del te-niente Fernández hacía ciento cincuen-ta años eran esclavos, no afectaba en lo absoluto el buen entendimiento entre ellos. Candelario era bisnieto de don Ubaldino De la Valle, cuya casa en la ha-cienda había ardido misteriosamente la noche de la muerte de su bisabuela, doña Laura. Su abuelo don Arístides le había vendido la Central Justicia a los nortea-mericanos de la Central Ejemplo, y con ese dinero había logrado sacar a la familia de aprietos. Candelario había nacido en una hermosa casa de pórticos griegos en la capital y había sido criado, como hijo único que era, como oro en paño. Su padre, don Alejandro De la Valle, era doctor en medicina, y había nacido, como Candelario, en la capital, pero la familia siempre se consideraba guamaneña. Así le constaba a Candelario, quien durante sus frecuentes visitas al pueblo se sentía revivir con sólo poner el pie en él.

Pedro, por su parte, había nacido en el arrabal más feroz de Guamaní, donde las habilidades bélicas y la prontitud de los puños eran tan imprescindibles como el respirar y el reír. Antiguo refugio de truhanes, asesinos y traficantes de toda laya, en el arrabal habían establecido sus residencias los veteranos de esas guerras orientales en las cuales la Metrópoli se había visto recientemente involucrada, en aras de la paz mundial. Hacía ya casi un siglo que, en compensación justa por esa ciudadanía que ahora se veía inconcebiblemente puesta en tela de juicio, los habitantes de la isla luchaban en el ejército de la Metrópoli.

Al comenzar a establecerse en él los veteranos de las guerras, el arrabal donde había nacido Pedro había sido rebautizado orgullosamente Villa Cañona, en honor a aquellos residentes que habían perecido en lejanas tierras como carne de cañón. Los habitantes originales del barrio, sin embargo, acostumbrados a la remunerativa y despreocupada vida del estupro y del lenocinio resentían profundamente la presencia cada vez más numerosa de aquellos maltratados héroes de la patria, que regresaban tullidos y mutilados a asolearse a las puertas de sus casas, ensombreciendo las antes alegres calzadas con la tristeza de sus cantos guerreros. Era a causa de esto que en Villa Cañona ocurrían diariamente por lo menos media docena de anónimos tiroteos, apertrechados los combatientes tras los balcones de cemento de sus casas.

En una de aquellas casas de madera desvencijada y techo de zinc agujereado, defendida a la vuelta redonda por un impresionante balcón de cemento armado que hacía las veces de parapeto de fuerte (estilo arquitectónico que caracterizaba todas las casas de Villa Cañona) había venido al mundo Pedro Fernández, hijo de un veterano condecorado de la guerra de Vietnam. Venía, como Candelario, de una familia de larga tradición militar, pero que se había visto involucrada, más recientemente que la de éste, en el ejercicio de las artes bélicas. Su tío, Monchín Fernández, se había quedado tuerto en la batalla de Pork Chop Huí, no sin antes llevarse por delante a media docena de coreanos al encaramarse descalzo, como buen campesino que era, a las ramas más altas de una palma que le sirvió de atalaya de tiro. En Vietnam Pedro había perdido, a más de esto, a sus dos hermanos mayores, cuyos corazones de acero púrpura su madre había incinerado, en una ceremonia de iracundo despojo, en un caldero rociado previamente de agua bendita, frente a la imagen de Ochún, Virgen de la Providencia.

Su padre, Juan Fernández, estaba vivo de milagro: había empleado su cuerpo como bomba de tiempo, al arrojarse con una granada activada en la mano sobre una trinchera enemiga durante la ofensiva del Tet. En la opinión de Marcelina Fernández, el cheque de mil dólares mensuales que le enviaba la Administración de Veteranos era un insulto a la dignidad humana, como si pudiesen de alguna manera compensarla por la tragedia de su moreno, antes tan fornido y jacarandoso, reducido ahora a un montón indefenso de mondongo que se desplazaba en silencio, confinado a una silla de ruedas, por las penumbras de la casa.

Huyéndole a este historial de violencia que plagaba a su familia, así como a las batallas campales que se desataban diariamente entre proscritos y veteranos por las calzadas de Villa Cañona, Pedro soñaba de niño con llegar a ser el baloncestista estrella de su pueblo. Sin duda se encontraba muy bien dotado para ello: gracias a la sorprendente estatura que desarrolló en la adolescencia, en su barrio algunas veces lo llamaban *el Watusi* y otras *la Muralla*, y a esto se añadía la velocidad vertiginosa de sus pies, que parecían estar provistos de alas. Estuvo muy cerca de lograr su sueño: como era un estudiante brillante y se ganaba muy pronto la simpatía de sus maestros, a los dieciocho años fue el ganador de la Beca Roberto Clemente, que ofrecía su escuela pública, y con aquella ayuda logró ingresar al equipo de Basket Olímpico de la isla. La hazaña de Pedro, al ser escogido para formar parte de un equipo de atletas tan destacados, había hecho que su padre, su tío Monchín y sus primos, así como muchos de los habitantes de Villa Cañona, se sintieran enormemente orgullosos de él.

La situación álgida por la cual atravesaba la isla, sin embargo, había hecho que el equipo Olímpico cayese recientemente en desgracia. Se decía que si Roberto Clemente, el *Titán de Bronce*, había jugado en el equipo de los «Piratas», y había sido capaz de batear tres mil *hits* con los cuales había tachonado de estrellas el cielo de Pittsburgh, resultaba inconcebible que los atletas del equipo de Basket Olímpico insular se

negasen a integrarse a los atletas interna-
cionales de la Metrópoli. Fue así como,
pocos días antes de su ingreso al equipo
de Basket, Pedro recibió un mensaje del
Partido, felicitándolo por su nombra-
miento, pero sugiriéndole que por qué
no se cambiaba mejor al equipo de la
Metrópoli, en el cual, gracias a la reco-
mendación que ellos le prometían, de
seguro sería admitido. Pedro, sin embargo, rechazó el ofrecimiento, aduciendo
modestamente que no le gustaba viajar y
que lo ponía nervioso eso de ser un ju-
gador Metropolitano, prefiriendo ser
conocido sólo en su pueblo como el
*Relámpago de Villa Cañona.*

El Partido decidió entonces tomar
cartas en el asunto. Un día en que Pedro
salió de su casa en dirección al gimnasio

Olímpico, se vio interceptado en el camino por un destacamento de Misioneros. Éstos, luego de quebrarle ambas piernas, le gritaron que por qué el *Relámpago de Villa Cañona* ya no corría y se quedaba tan quieto, si sabía que se le estaba haciendo tarde para la práctica. Pedro, que vestía en aquel momento su mameluco de raso azul con listones plateados sobre los hombros y llevaba puestos los tenis monoestrellados que eran el orgullo de su profesión, los miró desde el suelo con todo el odio del que fue capaz. Paralizado por el dolor, se le hizo imposible mover las piernas una sola pulgada, para esquivar los puntapiés que los Misioneros, al verlo indefenso sobre la calzada de fango, seguían descargando impunemente sobre él. Varias horas después sus parientes lo hallaron inconsciente sobre el pavimento, y lo lle¿aron consternados a su casa, pero Pedro no quiso hablar una sola palabra sobre el asunto. Se rehusó a revelar quién le había administrado aquella soberana paliza, y se refugió en un silencio hosco, que preocupaba profundamente a sus padres. Tendido en su camastro, a la cabecera del cual había colgado sus tenis monoestrellados, lo único que le interesaba era leer las noticias que salían publicadas en la prensa, sobre el éxito que estaba teniendo la campaña oficial para evitar la catástrofe de la independencia.

—El Partido tiene razón —le decía su madre mientras le cambiaba pacientemente los vendajes y lo ayudaba a mover las piernas, ensoquetadas penosamente dentro de gruesas columnas de yeso—. Debemos hacer todo lo posible por que los norteamericanos no se vayan. Y si es necesario para ello eliminar al equipo Olímpico y dejar que nuestros mejores jugadores se integren al equipo de la Metrópoli, que se haga de una vez.

Pedro tardó varios meses en sanar de su accidente, pero no llegó nunca a jugar en el equipo Olímpico insular, ni en el de la Metrópoli. A pesar de que recobró el uso funcional de ambas piernas, en adelante se le hizo imposible correr, porque arrastraba ligeramente la pierna derecha. Aquel desgraciado evento, así como la estrechez económica que plagaba a su familia, lo llevaron a escoger la carrera militar por sobre las perecederas y poco remunerativas glorias del deporte y, lo que fue más importante, lo obligó a adoptar, como premisa principal de su vida, aquella máxima que reza: «el que pega primero, pega tres veces». Era por ello que no se encontraba para nada de acuerdo con aquel empeño que Candelario ponía en humanizar el entrenamiento de los Misioneros, tanto en el aprendizaje de una disciplina más civilizada y lúcida, como en cuanto al inútil cultivo del deporte clásico.

A pesar de estas diferencias de actitud ante la vida, ambos amigos se tenían un afecto sincero. El capitán tenía una confianza absoluta en su teniente y solía siempre consultarle sus decisiones, mientras que Pedro era, a su vez, un amigo fiel, servicial y resuelto, que le solucionaba a Candelario todos los problemas prácticos. Como venía también de una familia de tradición militar, apreciaba las virtudes de su nuevo jefe y disfrutaba enormemente de su compañía, sirviéndole de chofer, ocupándose de sus ropas y hasta cargándole el maletín; siguiéndolo, en fin, a todas partes, como el discípulo fiel pisa la sombra de los pasos de su maestro.

Alto y gallardo, de pie en su yip descapotable conducido por Pedro, y con el uniforme de dril azul marino galoneado de estrellas y de carneros dorados, Candelario patrullaba día y noche las calles de la capital. La noticia de la amenaza de la independencia había sumido al pueblo en la consternación y el caos. El llanto y las lamentaciones retumbaban de calle en calle, y no bien caía el sol todos corrían aterrados a refugiarse en sus casas. La ciudad se veía invadida, a más de esto, por una verdadera nube de pequeños rateros, carteristas y proxenetas, que intentaban aprovecharse del desorden imperante, y el Capitancito se entregó a la labor de librarla, a la cabeza de sus Misioneros, de aquella plaga. Sus convicciones privadas, sin embargo, lo llevaron a prohibir que los truhanes y malhechores fueran golpeados inmisericordemente luego de ser detenidos, como hasta entonces había sido la norma. Candelario se ocupaba personalmente de que los arrestos se llevaran a cabo en forma civilizada. Bajo un sol perruno, con los carneros de oro de sus insignias a punto de derretírsele sobre los hombros, el Capitancito descendía de su vehículo y apostrofaba a los desgraciados. Les señalaba entonces, ocultando su mirada entristecida bajo su visera de charol, que arrancando cadenas, desarrajando bolsas y asaltando negocios ajenos, todo por miedo a la independencia, estaban encanalleciéndose la propia alma, y que el valor que habían demostrado en aquel desgraciado suceso deberían de salvarlo para momentos más dignos.

Estos episodios, sin embargo, finalizaban siempre de la misma manera. No bien Candelario y Pedro se alejaban de allí en el yip descapotable, los Misioneros descargaban sobre los detenidos un verdadero huracán de puñetazos, dentelladas y patadas, destinadas a dejar al truhán medio muerto sobre la acera.

Maldiciendo entonces contra un destino que los había destacado bajo las órdenes de un petimetre *prima donna* que les prohibía el uso de cachiporras, tubos y macanas, obligándolos a machucarse canillas y nudillos en el ejercicio de aquel proverbio que dice «la letra de la ley sólo con sangre entra», los Misioneros levantaban en vilo a sus víctimas, y las arrojaban violentamente al fondo de sus camionetas.

En otras ocasiones Candelario, conducido por Pedro, se internaba en su yip por los barrios residenciales más lujosos de la Capital, llevando a éstos también la vigilancia de sus Misioneros. Con el rostro ensombrecido de tristeza, el Capitancito observaba entonces cómo, de la noche a la mañana, y como si se hubiese anunciado en la Cordillera Central la irrupción inminente de un volcán, aquellos barrios habían amanecido florecidos de una epidemia de letreros que ponían en venta mansiones, piscinas y coches de lujo, en la ilusoria esperanza de que llamaran la atención de algún ministro extranjero que sobrevolara la isla, o de algún cheque árabe que, como cantaba por aquel entonces el Sonero Mayor, «les lloviera del cielo pagadero al portador». Inclinándose entonces hacia su amigo, y hablando en voz baja para que el resto de los agentes no pudiera escucharlo, le confesaba que aquellos actos de la gente de su propia clase lo abochornaban. Fuese o no cierto el rumor de que la independencia de la isla se avecinaba, a la hora de la verdad, toda huida de la patria equivalía a una traición. Y, tomando el rostro enigmático de Pedro, que miraba sin pestañear el pavimento de las calles por las que iba conduciendo, como prueba de que éste se encontraba de acuerdo, le confesaba que por eso se sentía mucho más a gusto con gentes de origen humilde como él, porque la verdad más lapidaria que en su vida había pronunciado Jefferson había sido aquella sentencia que dice: «Los comerciantes no tienen patria.»

Candelario acudía también, acompañado de Pedro, a las frecuentes actividades sociales a las que los Misioneros solían ser invitados por aquellos tiempos. Como élite que arriesgaba diariamente la vida por la patria, éstos eran bien vistos y espléndidamente agasajados en todas partes, y ambos amigos se aprovechaban de las oportunidades que aquel privilegio les brindaba. En las frecuentes funciones de gala, en la Fortaleza y en la Casa Blanca, que el Partido celebraba por aquellos tiempos, ambos jóvenes ofrecían un espectáculo espléndido; Candelario alto y esbelto, con su mechón de pelo rubio cayéndole ingobernable sobre la frente, y Pedro igualmente alto aunque más fornido, inclinando siempre un poco hacia adelante su cuerpo color canela, para disimular con elegancia la cojera de su pierna derecha, y como si sintiera rozarle sobre los hombros el manto color flamígero de sus antepasados guerreros. El contraste tan grande que ambos amigos ofrecían con el resto de los tofetudos y mofletudos agentes, que pavoneaban sin ninguna gracia por entre las invitadas sus molleros de molleja fresca y sus pantorrillas de trallazo de cecina, los hacía cada vez más populares entre las jóvenes, y en aquellas ocasiones ambos llevaron a cabo innumerables conquistas.

Aquellos episodios románticos, sin embargo, en lugar de hacer sentir bien a Candelario, lo deprimían. A diferencia de Pedro, para quien el amor no pasaba de ser un juego intrascendente, una diversión pasajera a la cual los peligros a los que se enfrentaban diariamente en la ciudad les confería pleno derecho, para él los sentimientos del corazón seguían siendo una materia muy seria. Por más que intentaba enamorarse de una de aquellas jóvenes de sociedad, le era imposible hacerlo. Era como si, de tanto perfeccionarse en las artes militares, hubiese llegado a ser todo disciplina y pensamiento, y hubiese perdido contacto irremediablemente con su cuerpo; o como si, de tanto soñar en la mujer perfecta, a quien había dibujado innumerables veces en su mente mientras intentaba conciliar el sueño sobre su catre de hierro, los rasgos de ésta se le hubiesen ido poco a poco gastando, perdiendo sus incisivos perfiles bajo el incansable pasar y repasar de sus párpados. Sus aspiraciones desmedidas, así como su natural tímido e introvertido, inevitablemente destinaban a Candelario al fracaso en sus aventuras románticas. Verificaba todas las mañanas, en su diminuto espejo de campaña, el perfil agraciado de su rostro, el cabrilleo de sus cabellos dorados, rizados naturalmente, y las proporciones atléticas de su tórax, pero cuando en las noches se encontraba solo en compañía de las jóvenes, se sentía siempre torpe y apocado. Al término de cada fiesta, invitaba siempre a alguna de ellas a subir a su departamento, pero una vez allí, cuando ésta lo abrazaba y lo besaba, le daba inevitablemente la sensación de estar abrazando a una estatua fundida en bronce, a la cual le han vaciado las entrañas. Finalizado el platónico episodio pasional, consumido en patética floración el inguinal hongo rosado que le había brotado brevemente a Candelario entre las piernas, la joven se levantaba de su catre, se peinaba y se vestía, y se despedía de él, sin volver a acudir jamás a aquel banquete en el cual inevitablemente se esperaba que se conformara con el perfume condimentado de las fuentes. Era por ello que, mientras a Pedro nunca le faltaban jóvenes agraciadas con las cuales salir, y que incluso encontraban atractiva su deformidad, Candelario iba perdiendo cada vez más su popularidad entre ellas, viéndose obligado a regresar en las noches completamente solo a su departamento, o, lo que era peor, acompañado por alguna felina prostituta de la Capital.

Por aquellos días, sin embargo, ocurrió un suceso que alejó a los dos amigos de sus preocupaciones románticas. Los soneros ganaban cada vez más partidarios en la Capital. Indiferentes a la hecatombe económica que amenazaba el país, los capitaleños se habían entregado en cuerpo y alma a una verdadera fiebre de salsa, cuyos cueros y bongoses reventaban día y noche en oleadas agresivas por sobre los techos de las casas y los edificios de los barrios más pudientes. Vestidos con mahones descoloridos, exóticas camisetas color flama y con los cabellos teñidos siempre de rojo enseretados sobre la cabeza, los soneros celebraban sus conciertos en todas partes. Su música se había puesto de moda no sólo en los cafetines de los barrios pobres, sino que se escuchaba ahora en los bares y las discotecas más elegantes de la ciudad, donde, para disgusto de los dirigentes del Partido, ésta había ya casi aniquilado el rock.

En sus rondas desde el Polvorín hasta

el Fondoelsaco, desde el Altoelcabro hasta el Altoelcerdo, desde la Candelaria hasta el Findelmundo, el Capitancito y Pedro eran testigos de cómo se despeñaba diariamente, en dirección del centro de la ciudad, aquel torrente furibundo de sones que, escuchados con detenimiento por banqueros y empresarios, había hecho llover sobre sus cabezas un verdadero aguacero de pavesas de pánico. «Sorpresas te da la vida, la vida te da sorpresas», cantaban los bongoseros de Ray, vacilando sus cachimbos de la Tanca a la Tetuán; «Ya cantan los ruiseñores, ya se acerca un nuevo día», soneaban impertérritos los congueros de Ismael, haciendo tronar sus cueros por la Ponce de León; «Qué pena me da tu caso, qué pena me da», congueaban los Mozambiques de Celia, ondeando sus seretas flamígeras por toda la Calle Cruz.

Candelario encontraba espantosa aquella música, pero no podía dejar de admirar el valor de sus ejecutantes. «Es como si los habitantes de los arrabales —le dijo a Pedro en una ocasión— hubiesen decidido enfrentarse a los leones cantando.» Y, eufórico ante lo que veía, añadió que se alegraba de que sus compatriotas, si bien no tenían el valor de luchar por la independencia, en su música y en sus cantos sí se atrevieran a hacerlo. Pedro, a diferencia de Candelario, no tenía contra la salsa ningún prejuicio estético, y disfrutaba de ella enormemente. Se alegraba de que, gracias a ella, los soneros hubiesen encontrado una forma respetable de ganarse el pan. En efecto, la locura de la salsa era tal que, pese a la letra intranquilizadora de aquellos sones, los conciertos les eran muy bien pagados. Los soneros vendían infinidad de discos, cintas y grabaciones y, en todas partes eran aclamados como héroes.

A poco de comenzada aquella locura, Candelario recibió una llamada telefónica confidencial. En el Partido varios oficiales de alto rango se encontraban preocupados por el fenómeno de aquellos conciertos.

—Infiltrados entre las comparsas de soneros se ocultan hoy algunos de los terroristas políticos más peligrosos para nuestro régimen —le dijo una voz ronca e impersonal—. ¿Me escucha, Candelario? ¿Entiende lo que le estoy diciendo? Y como resulta imposible determinar cuáles son terroristas y cuáles no, su primer deber de hoy en adelante será, como Jefe de los Misioneros, evitar que esos conciertos se sigan celebrando.

»Así que meta a los soneros en cintura, si no quiere verse muy pronto, no sólo destituido como capitán, sino expulsado para siempre ignominiosamente de la tropa.

Candelario colgó molesto el receptor. Le parecía increíble que, bajo los pintorescos atuendos de los salseros, se ocultasen elementos políticamente sediciosos. La salsa, a más de esto, bien que grosera y de mal gusto (Candelario rehusaba considerarla música), era ya el *modus vivendi* de gran parte de la población y coartarla sería injusto, además de prácticamente imposible. Aquellos sentimientos de conmiseración, sin embargo, pasaron a segundo plano en cuanto Candelario consideró las consecuencias de rehusarse a poner en efecto aquella orden.

Él era, ante todo, un De la Valle, y ser destituido deshonrosamente de la tropa de los Misioneros significaría un escándalo de primera magnitud, no sólo en su familia, sino en los círculos de la sociedad en los que estaba acostumbrado a codearse. Por otro lado, jamás se le había ocurrido que su vida pudiese transcurrir en otro mundo que no fuese el militar. La idea de verse preso en una jaula de acero y cristal como un ejecutivo mediocre más, dedicado a enriquecerse vendiendo y comprando acciones en la bolsa de valores, como hacían tantos de sus amigos cuyos padres habían vendido sus tiendas, sus centrales o sus fábricas a los grandes consorcios norteamericanos, le repelía y le aterrorizaba a la vez.

Haciendo, por lo tanto, de tripas corazón, al día siguiente organizó varias expediciones punitivas a los arrabales durante las cuales los Misioneros tomaron presos a innumerables soneros, aleccionándolos según los antiguos métodos saturnianos que él antes tanto había criticado. Llevado a cabo el propósito del Partido, y devueltos a sus tugurios los malhechores con las cabezas hendidas y las costillas rotas, el silencio volvió a reinar una vez más supremo a lo largo de los farallones embestidos por el Atlántico de la antigua capital de San Juan. Es posible que haya sido aquel silencio, que en sus rondas hacía sentir al Capitancito cada vez más como un verdugo, lo que lo llevó, en determinado momento, a embarcarse en una aventura diferente.

Candelario efectuaba sabatinamente, acompañado por sus Misioneros, una serie de visitas a los cabarets y discotecas más exclusivas de la ciudad, para asegurarse de que la salsa, como la mala hierba, no volviese a levantar cabeza en ellos. Había entrado aquella noche a Susana's, por cuyas estalagmitas de cristal de roca se descolgaban nocturnamente, al ritmo de Mick Jagger y de los Stones, algunos de los batracios más exóticos que había visto en su vida, y se acomodó en uno de los asientos más retirados, buscando la anonimia de las penumbras. Pedro, como solía hacerlo cada vez más a menudo, prefirió sentarse solo, ni con los Misioneros ni con él, en un lugar aparte. Hacía escasamente una semana había suscitado entre ellos un altercado penoso: en una visita reciente a Guamaní, el pueblo del cual ambos eran oriundos, los Misioneros se habían puesto las botas cazando soneros, por los tinglados de Villa Cañona y, al regresar con ellos a la Capital, Pedro le había pedido a Candelario que los pusiera en libertad. Entre los detenidos aquel día se encontraban su tío Monchín y tres primos suyos, quienes se habían unido recientemente a los soneros como trompetista, baterista y conguero. «Son compueblanos suyos, Capitán —le dijo genialmente, seguro de que Candelario los protegería—. Le aseguro que, si se han metido a músicos, no es para luchar por la independencia, sino para no morirse de hambre.»

Candelario, sin embargo, se negó a complacerlo. Le había sido muy doloroso tener que adoptar aquella actitud disciplinaria con los soneros, y a causa de ello, en las noches casi no lograba conciliar el sueño. Hacer una excepción de los parientes de Pedro, sin embargo, sólo lo haría sentirse peor.

—Lo siento, camarada —le dijo palmeándole el hombro en conmiseración—. Pero en la Academia me enseñaron que la ley se aplica, sin excepción —y le prometió, que, una vez efectuada la paliza, les permitiría a sus parientes unirse a la banda militar de los Misioneros, donde cambiarían la trompeta por un trombón de vara y los cueros por un tambor militar. Enfurecido con su amigo, Pedro le señaló que parecía mentira que los preceptos humanitarios que tanto había predicado no hubiesen sido más que un barniz, y que hubiese sido necesario «rascar tan poco para que a él también le requintara lo salvaje». En los días subsiguientes Candelario, que de veras apreciaba a Pedro, intentó subsanar el agravio de la tralliza descargada sobre sus familiares, pero la relación entre los dos amigos ya no volvió a ser la misma.

Candelario ordenó un whisky en las rocas a una de las mozas vestidas de libélula que revoloteaban a su alrededor. Frente a él la muchitanguería *punk*, vestida con mahones Anne Klein y Paco Rabanne, vociferaba enloquecida. Una comparsa de rockeros agitaba agresivamente sus guitarras electrónicas sobre la pista de baile, doblándose agónicos sobre ellas como si sacudieran los cañones desengatillados de varias M16. Candelario escuchó de pronto una voz a sus espaldas.

—¿Y usted, amigo, qué prefiere, la salsa o el rock?

Se volvió en dirección a la oscuridad, y observó curiosamente a la joven.

—Perdone, no escuché bien su pregunta —el estrépito de los rockeros había, en efecto, ahogado sus palabras, pero Candelario adivinó su sentido.

—Claro que la entendió. Pero seguramente prefiere el rock. La salsa no le gusta.

Rió con una risita pérfida, de cascabel tentador, y se deslizó a su lado en la mesa.

Candelario no pudo evitar una mirada admirativa. La joven llevaba el cabello suelto sobre la espalda en una nube roja, y una camiseta color flama le apresaba los pechos sueltos. De primera intención pensó que era una sonera, y se preguntó cómo habría entrado, a quién habría sobornado para llegar hasta allí. Luego, sin embargo, decidió que era demasiado blanca y demasiado joven; probablemente se trataba de una burguesita rebelde más, hija de padres ricos, posando atrevidamente de sonera. Soltó frente a su rostro una pantalla azul de Lucky Strike.

—Todo es posible —dijo sonriéndose tristemente—. La barbarie contamina hoy hasta a los más cultos.

—Yo soy fanática de la salsa, y no me importa que piense que soy bárbara.

—Santa Bárbara es la santa de los Misioneros, la guardiana del polvorín. Quizá eso fue lo que quise decir. Como tiene el pelo tan rojo, me hizo pensar en ella.

No sabía por qué le había contestado así, en aquel tono de halago. Se odió a sí mismo por tonto. La joven lo miró seria, evidentemente sorprendida por la cortesía.

Se aventuró a ofrecerle un cigarrillo, pero ella negó con la cabeza y sacó del pecho su propio pitillo, delgado y blanco.

—No, gracias —dijo—, prefiero mi propio pasto, como el Cordero de los Salmos.

»Capitán, ¿no es cierto? —añadió luego de fumar un rato en silencio. Lo dijo ladeando un poco la cabeza, mientras recorría juguetona, con la punta del dedo, la superficie reluciente de sus insignias—. ¿No le da vergüenza, siendo militar, tener a un cordero manso como blasón de la patria?

Candelario se sonrojó y bebió un trago largo de whisky.

—El cordero es el símbolo de nuestro pueblo, porque hemos sido siempre amantes de la paz. Por eso nunca hemos tenido una guerra, porque somos ante todo un pueblo constitucionalista, defensor de los procesos de la ley.

Se sintió de pronto ridículo al pronunciar aquel discurso pomposo y se dispuso a levantarse de su asiento cuando sintió la rodilla de la joven, redonda y tibia, rozándole disimuladamente el muslo por debajo de la mesa. El perfume de la marijuana había comenzado a afectarlo y se dijo que mejor salían.

Sacando un billete de la billetera, lo colocó junto al vaso.

—Vamos —dijo—, estaremos mejor afuera.

Evadiendo las miradas de sus compañeros, sentados en una mesa vecina, la tomó del brazo y la sacó a la calle. Se sentía irracionalmente molesto con ella. Durante los últimos días había tenido que aguantarle los malhumores a demasiada gente: a sus superiores que le ordenaban que protegiese a aquellos comerciantes y banqueros que él detestaba; a Pedro, que lo acusaba de haberlo traicionado en el cumplimiento de su deber como Misionero; a estos últimos, cuyos comentarios irónicos por su reciente mano fuerte ya no le era posible pasar por alto. Tenía ganas de desahogarse con alguien, de sentirse que tenía, a su vez, poder sobre un ser indefenso. De pronto, al cruzar la calle, se dio cuenta de que estaba apretando cruelmente el brazo de la joven.

—No sé si lo sabía —le dijo soltándola— pero la salsa está definitivamente prohibida en la isla. Así que le aconsejo que no repita lo que me dijo ahí adentro, porque está jugando con fuego.

La joven lo miró asustada, sobándose el antebrazo, pero guardó silencio. Candelario la hizo a un lado y comenzó a caminar rápidamente, sin mirar hacia atrás, bajo los faroles de neón de la solitaria avenida. Hubiese dado cualquier cosa por encontrarse otra vez cruzando los campos esmeraldinos de su Academia, y pensó que se había equivocado trágicamente de siglo y de patria. Si se lo hubiesen preguntado, no hubiese sabido contestar qué era lo que estaba haciendo allí, en aquella ciudad que suscitaba en él sólo sentimientos violentos.

Había comenzado a llover y caminó un buen rato bajo la lluvia, antes de darse cuenta de que no estaba solo. La desconocida, arrebujada ahora bajo un chal escandaloso, de flores bordadas en colores chillones, lo había seguido hasta la puerta de su departamento. Al verla empapada de pies a cabeza pensó, absurdamente, que aquella agua helada los hermanaba en la desgracia.

—¿Quiere subir a secarse un momento? —le dijo con cortesía—. Le aseguro que no tiene por qué temer.

La joven le sonrió a su vez, como para tranquilizarlo:

—Muy agradecida, Capitán. Me preocupó verlo hace un rato tan triste, y por eso lo seguí hasta aquí.

Subieron juntos al departamento: una habitación monacal, desprovista enteramente de muebles y de muros destartalados y anónimos, decorados únicamente por retratos de Bach y de Schubert, así como por el diploma de North Point, enmarcado en sencillos listones áureos. Candelario encendió el tocacintas y sirvió dos pequeños vasos de brandy, mientras los primeros acordes de *La Creación* de Haydn invadían el ambiente del cuarto con su preludio de gloria.

No sentía absolutamente ningún remordimiento por haber abandonado a Pedro y a los Misioneros, pero por otra parte tampoco sentía en aquel momento inclinaciones románticas. Se sorprendió cuando la joven comenzó a desvestirse frente a él, y se tendió por fin desnuda sobre su catre de esparto. Había adivinado a medias su cuerpo en el cabaret, pero no estaba preparado para lo que veía: el centellar de aquella piel como un alba oscura, sobre la cual se desvanecían las dos enormes lunas de sus pechos. El espectáculo lo deslumbró: hacía tanto tiempo que sólo se le acercaban prostitutas de aliento acre, con las caras taladas por la desgracia. Con renuencia, casi con desgano, comenzó a desvestirse a su vez, para evitar que se sintiera rechazada. Se sentía, una vez más, tímido y apocado, y temió que, también en aquella ocasión, el disfrute elemental del cuerpo le fuese vedado por su destino adverso. Pronto se dio cuenta de que se había equivocado. Bajo la sabiduría de las caricias de la desconocida, sintió que su voluntad férrea de militar se le derretía como una armadura helada. Al cabo de un rato contempló, sorprendido, su sexo, erguido por primera vez frente a él: enorme y paradigmático, le protuberaba de las profundidades del ser como el contrafoque misterioso de un navío. Terminado el episodio amoroso, dejó caer exhausto la cabeza sobre la almohada. Dio un suspiro de alivio y cerró los ojos; le pareció que su cuerpo había salido por fin de un vértigo sin fondo.

En los días subsiguientes, Candelario repitió varias veces la experiencia. La desconocida, a quien él había bautizado Bárbara porque ésta rehusaba revelarle su nombre, llegaba todas las tardes envuelta en una nube de perfume selvático, se fumaba un pitillo de marijuana en la cama, y proseguía a hacerlo sentir absolutamente feliz durante dos horas. Luego se levantaba, se vestía con despreocupación y se marchaba riendo, afueteando con desafío sobre los hombros su melena color flama. «Polvo eres y al polvo regresarás», le decía riendo antes de despedirse, asegurándole que era poderoso y hermoso como un ángel. En cuanto Bárbara se marchaba, sin embargo, Candelario se sentía corrupto, traidor, agonizante. Seguía ocupándose religiosamente de sus deberes militares, y les recitaba a sus Misioneros edificantes discursos sobre el honor, la dignidad y la gloria, pero como inmediatamente después se veía obligado a salir en aquellas comisiones sangrientas, en las que se exterminaba sin piedad a los soneros indefensos, el corazón se le hacía cada vez más pequeño. Poco después de esto dejó de mirarse, por la mañana temprano, en su diminuto espejo de campaña, quizá porque temía, como el personaje de Wilde, ver reflejado en él el rostro de su alma.

Un día, luego de hacer el amor, Bárbara le hizo a Candelario una confesión inesperada. Era, en efecto, hija de padres ricos, y había nacido en un suburbio elegante de la ciudad. Se encontraba, como él, convencida de que el destino de su patria era no llegar jamás a ser libre, porque la independencia hundiría a la isla en un caos y en una ruina atroz.

—Precisamente por eso tu sangrienta cacería de soneros me parece innecesaria y hasta peligrosa —le dijo—. Es mentira que entre los soneros se oculten terroristas políticos. El pueblo los venera precisamente porque son músicos pacíficos. Conozco tan bien como tú a nuestro pueblo, y pueden quitarles el sustento, el habla y hasta la bandera, y como el cordero manso, todo lo soportaría. Pero si intentan quitarles la salsa, que es su único desahogo, las cosas podrían cambiar.

Candelario encontró conmovedora la preocupación de Bárbara. La sinceridad con que le había hablado lo convenció de que, en efecto, lo quería. Era por su bien que insistía en que la cacería de soneros constituía un error político garrafal. El Partido no permanecería para siempre en el poder; un día el pueblo podría muy bien votarle en contra, y los que vinieran después lo harían a él injustamente responsable por aquellos desmanes.

Poco después de esta conversación entre los amantes, se anunció en la capital un gran concierto de salsa, que desafiaría la orden de prohibición puesta en vigor contra los soneros. Se esperaba que los rockeros acudirían también aquella noche, y que ambas orquestas se empatarían en un duelo a muerte en el campo de lo musical. El concierto se prolongaría toda la noche, maculando las terrazas de los condominios más lujosos de la capital con la constelación obscena de sus cantos. La enorme explanada sembrada de palmas reales que bordeaba la laguna, sobre la cual se reflejaban las aristas de acero de los edificios de veinte pisos, se prestaba idealmente para la celebración, y se esperaban comparsas de soneros y rockeros de toda la isla. Algunos días antes del concierto, Candelario recibió una segunda llamada oficial, que le dejó los nervios de punta: «Ahora es el momento de demostrar la efectividad de los modernos conocimientos marciales adquiridos en su Academia —le dijo la misma voz ronca e indiferente—. Tenemos información confidencial de que esta vez los soneros acudirán armados al concierto, y de que intentarán aniquilar a los rockeros a la primera oportunidad. ¿Entiende, Candelario? Es absolutamente imprescindible que los rockeros, apoyados por los Misioneros, ataquen primero, y acaben ya definitivamente con ellos.» Candelario hizo un esfuerzo para que no le temblara la voz: «Sí, señor —le contestó—, comprendo perfectamente. Se hará al pie de la letra como usted manda.»

Aquella noche, sin embargo, Bárbara volvió a hablarle del asunto: «Permite que los soneros participen en el concierto», le dijo: «Hazte, por esta vez, el de la vista larga.» Al principio, temeroso de perder su puesto, Candelario se negó rotundamente a ello, pero luego pensó que aquella actitud timorata no era digna de un De la Valle. La represión de los soneros era una represión injusta, que lo hacía sentir abochornado.

—Bien, te complaceré —le contestó en un tono de voz decidido—. No se diga en el futuro que fuimos un pueblo tan manso que, como carnero acogotado, hasta la música nos la dejamos quitar.

La noche antes del concierto Candelario le informó a Pedro su decisión, seguro de que, dada la simpatía que sentía por los soneros, éste estaría de acuerdo.

—Alégrese, compatriota —le dijo— porque esta noche podremos todos disfrutar a gusto de la salsa, sin que amigos y parientes queden sonados inmisericordemente —y le especificó que, como teniente de la tropa, sus órdenes eran mantener aquella noche a los Misioneros a raya, para que el concierto de salsa y rock pudiese celebrarse en paz.

Pedro, que se encontraba en aquel momento en el campo de tiro, ensayando para el asalto del próximo día, se acercó a Candelario cojeando lentamente y le pidió que le repitiera la orden. Creyó no haber escuchado bien, y dejó de engrasar el tambor de su Colt 45, para mirarlo fijamente a los ojos.

—No sé si se da cuenta, Capitán, pero lo que me está ordenando es algo muy serio. Le aconsejo que no lo tome a broma y que lo piense bien.

Candelario, que encontraba divertida la parsimonia de Pedro, soltó una risotada.

—Que dejes a los soneros cantar y sonear esta noche todo lo que quieran, Pedro. Los dirigentes del Partido no tienen por qué enterarse: perro que ladra no muerde, y el concierto del Puente del Agua será tan inofensivo como todos los demás.

Pedro se le quedó mirando asombrado.

—Fue ella quien lo convenció, ¿no es cierto? La pelirroja de Susana's. Lo tiene cogido por los huevos, Capitán, yo conozco bien los síntomas. Ahora mismo lo prevengo: si de veras va a permitir que los soneros participen, pásese de una vez a su bando. He verificado su récord y no es ninguna niñita bien posando de sonera. Nació en el arrabal, y es una sonera auténtica.

Candelario se le vino encima. Se quitó la chaqueta galoneada de insignias y desafió al teniente en plena práctica, cruzando desatinado la línea de fuego, de manera que varios Misioneros se vieron obligados a intervenir.

—Bárbara no tiene nada que ver con los soneros, y como vuelvas a insultarla te parto la cara en dos —le gritó enfurecido. Y para probarle hasta qué punto descreía de sus palabras, poniendo enteramente su confianza en su amada, le ordenó terminantemente que, para la misión de aquella noche, dejaran en sus casernas todo tipo de armas, porque por primera vez en mucho tiempo no iban a ejercer sus deberes de Centuriones del Orden, sino que se iban a divertir.

Algunas horas más tarde, cuando se derramó por las exclusivas veredas del Puente del Agua, sombreadas de palmas reales, la multitud de músicos, timbaleros, bongoseros, pianistas y trompetistas, los Misioneros del Partido los estaban esperando. Apoyados contra los andamios de las tarimas de las orquestas, o guarecidos bajo los toldos multicolores de los chinchorros de morcillas, empanadillas y otras fritangas, observaban intranquilos a soneros y rockeros por igual, acariciando, ocultos en los bolsillos de los pantalones o embaquetados expertamente bajo los sobacos para que Candelario no se diera cuenta de que los habían traído, los cojones herniados de sus cachiporras y los hocicos achatados de sus Magnums. Ciscados por los sucesos recientes no se fiaban ya de Candelario y habían puesto por completo su fe en el liderato de Pedro. En el ambiente caldeado de la música, así como en las emanaciones acres de los músicos, husmeaban una inequívoca señal de peligro.

Alto y gallardo, con la visera de charol entornada sobre los ojos, Candelario se desplazó sonriendo por entre la muchedumbre, saludando a todo el mundo y dejándose reconocer sin temor por los soneros. No pensó en absoluto en el riesgo que corría. Quería que todo el mundo supiera que aquel Festival de Salsa y de Rock se celebraba gracias a él, y que él también albergaba, cuando de su pueblo se trataba, sueños imposibles y heroicos. Hacía ya bastante rato que no lograba situar a Pedro ni a Bárbara, quienes parecían haberse esfumado de su lado, arropados por aquel mar de seretas flamígeras que se agitaba enfurecido a su alrededor, y se sentía ya algo intranquilo por ello.

Cansado de la barahúnda de acosos, remeneos y culipandeos que restallaban a su alrededor, se alejó un poco de la explanada de palmas y caminó en dirección del Puente del Agua. Agradeciendo el silencio, apoyó los codos sobre la balaustrada y respiró profundamente, dejando perder la mirada en la oscuridad. Escuchó en aquel momento una voz conocida, un breve cascabeleo tentador que se agitó a sus espaldas.

—¿Y usted, Capitán, cuál música prefiere, la salsa o el rock?

Se volvió hacia ella con alivio, y vio con sorpresa que no estaba sola, que se encontraba rodeada por una comparsa de hombres armados hasta los dientes, entre los cuales se encontraban Pedro, su tío Monchín y sus primos. Estos últimos empujaban la silla de ruedas, en la cual iba sentado un anciano impresionante, manco de brazos y piernas y vestido, como ellos, de mahón y camiseta color flama, con el pecho tachonado de condecoraciones de guerra.

—No ha contestado mi pregunta —repitió entonces Bárbara y, volviéndose hacia Pedro, lo abrazó por la cintura, riendo, como si compartiera con él una broma—. No creo que ahora la conteste nunca.

Candelario cayó por fin en cuenta de lo que sucedía. Los miró con tristeza, casi sin ningún reproche, y guardó absoluto silencio.

—Lo siento, compueblano —añadió

Pedro—, pero con tus indecisiones no íbamos a llegar nunca a nada. Al menos te quedará el consuelo de saber que tu pueblo no era tan manso como parecía.

Vio que los Misioneros se encontraban cerca y que todavía podía salvarse; dar, inesperadamente, la voz de alarma, pero no lo hizo. Situó en la oscuridad el brillo del rejón, que relumbraba en la mano de Pedro, para saber de cuál lado anticipar el golpe, y siguió mirando el mar con un desdén tan grande que pudo ser humildad. Por primera vez en mucho tiempo volvió a sentir, cincelada en plomo, el alma de soldado.

—¿Que cuál música prefiero? —dijo volviendo la espalda—. Ni la salsa ni el rock. Prefiero la música clásica.